여자를 올려다보았다.

아름답고, 끔찍한.

monostory 004

그렇게 될지어다
이부

eastend

차례

그렇게 될지어다 ——— 07

작가의 말 ——— 83

작가 인터뷰 ——— 89

그렇게 될지어다

내가 다섯 살 때 일이야.

  해수를 만나고부터 꿈꾸는 날이 늘었다.
  눈앞에 해수가 있었다. 해수는 방 한가운데에 놓인 의자에 앉아 있었다. 옆엔 칙칙한 나무로 만들어진 궤가 있었는데, 안쪽엔 검은 덩어리가 있었다. 해수는 궤 속의 검은 덩어리에 손을 대고 느릿느릿 쓰다듬다가 다시 입을 뗐다.

그때 난 유치원에 다녔는데, 낮잠 시간이 있었거든. 어렸을 때 일인데도 기억이 나는 게, 난 내 베개를 유치원에 들고 다녔어. 전해 듣기로는 내가 유별나게 베개를 지키면서 품에 꼭 안고 다녔대. 뭐, 다들 자기 애착 인형 정도는 다 들고 다니는 나이잖아. 처음엔 어른들도 귀엽게 봤던 것 같아.

그런데 어느 날 친구가 펑펑 우는 거야. 엄마 아빠가 할머니를 다신 볼 수 없다고 했다고. 할머니 혼자서 하늘나라로 여행을 떠났다고 했다고. 처음 죽음을 알게 된 거였지. 나는 그 친구에게 할머니를 다시 볼 수 있는 방법을 알려줬어. 할머니는 이제 세상을 거꾸로 다니는데, 옆에다 베개를 세워두고 잠이 들면 베개를 벤 할머니를 볼 수 있다고.

다음 날 친구는 정말 할머니를 보았다고 기뻐했어. 그걸 신기해하고 부럽게 여긴 반 친구들이 자기들도 각자의 베개를 가져와서 낮잠 시간에 베개를 세워두고 잠을 잤어. 누군가는 강아지 뽀삐를 보았다고 했고, 누군가는 동생을 보았다고 좋아했어. 하다못해 낡고 헤졌다고 어른이 쓰레기장에 갖다 버렸다던 인형을 만났다는 친구도 있었지. 듣기로는, 유치원의 모든 아이가 커튼을 친 컴컴한 교실에서 베개를 세워두고 누워서 실실 웃고 있었대. 그 왜, 어릴 땐 꿈이랑 현실을 구분하지 못하거나 상상이 진짜라고 믿기도 하잖아. 진짜인지 착각인지 몰라도 모두가 사랑하는 누군가와 함께한 거야.

그런데, 어른들이 보기엔 그게 끔찍이도 소름 끼치는 일이었나 봐. 유치원 전체가 발칵 뒤집혔대. 귀신 보는 아이가 유치원 전체에 나쁜 영향을 미치고 있다고. 동네에도 소문이 퍼질 대로 퍼져서 어딜 가도 날 피하더라.

아, 엄만 날 무당한테까지 데려갔어. 재밌는 곳에 가자면서. 생생하게 기억나. 나부끼는 색색깔의 긴 천들과 방울 소리가 놀이동산에 간 것처럼 진짜 신기하고 재밌었거든. 그런데 그 재미가 오래가진 못했어. 엄마가 무당한테 무슨 소릴 들은 건지 날 진심으로 꺼림직하게 여겼거든.

엄마는 무당한테 부적을 수북이 받아와 궤 속에 덕지덕지 붙이고는 때때로 날 안에 넣었어. 내가 무슨 말을 할 때마다. 계속. 맞아, 이 궤에 말이야. 그러다가 고등학생이 되니까 기다렸다는 듯 분가시키고 생활비는 줄 테니 알아서 지내라고 하더라. 난 궤 속에서 얌전히 있을 수 있었는데.

검은 덩어리는 마치 해수를 위로하는 것처럼 꿈틀거렸다. 움직임을 느낀 해수는 덩어리를 사랑스럽게 바라보다가 안심하라는 듯 어깨인지 무릎인지 모를 부위를 손으로 두어 번 토닥였다. 검은 덩어리는 해수의 손길에 진정이 되었는지 다시금 작고 느리게 호흡했다.

괜찮아. 내가 완벽히 혼자가 됐을 때, 노주를 다시 만났거든. 알지? 내 절친. 유치원 때 친해졌는데, 한참 동안 볼 수 없었거든. 근데 내가 가장 외로울 때 다시 만나게 된 거지. 그 뒤로 노주는 떠나지 않고 내가 힘들 때면 곁에 있어 줬어. 응, 네가 늘 나와 함께 하는 것과 비슷하게 말이야. 난 이제 외롭지 않아.

방안을 덮고 있던 암막 커튼이 바람에

나부끼며 펄럭였다. 커튼의 틈새로 주홍빛 노을 조각이 일렁이며 방안을 비췄다. 빛을 본 검은 덩어리는 불안해하며 다시금 꿈틀거렸다. 궤의 뚜껑 안쪽에 덕지덕지 붙은 괴상한 문양의 노랗고 뻘건 부적들이 움직임과 함께 부스럭댔다. 붉은빛이 틈새 하나 없이 궤 속에 구겨 넣은 팔과 다리를 비췄다. 해수가 손을 얹고 있던 뼈가 톡 튀어나온 부위는 어깨도, 무릎도 아닌 팔꿈치였다. 보잘것없이 몸을 웅크려 궤 속에 머물기 위해 애쓰는 그것은 목은 있는 대로 늘어나고 꺾여 정수리가 어깨에 닿아 있었다.

    검은 덩어리는 옴짝달싹하지 못한 채로 눈알만 데구룩 굴리며 해수를 바라봤다. 궤 속에서 바짝 말린 몸 때문에 턱을 움직여 소리조차 낼 수 없는 건지, 궤 바깥을 향한 한쪽 눈으로 해수를 쫓으며 눈꺼풀을 끔벅일 뿐이었다.

해수는 검은 덩어리를 내려다보며 푸석한 머리칼을 정리해 주듯 몇 번 쓰다듬었다. 그러곤 인사 한마디 없이 궤의 뚜껑을 내려 닫았다. 궤 안쪽에서 어떤 웅얼거림이 새어 나왔으나 해수는 뚜껑을 열 생각이 없다는 듯 자리에서 일어났다.

해수는 천천히 천장을 향해 고개를 쳐들었다. 그러곤 눈을 맞췄다. 공중에 거꾸로 서 있는 검은 긴 생머리의 여자와.

둘은 서로를 올려다보았다. 동시에 팔을 뻗어 두 손으로 볼을 감쌌다. 얼굴을 당기고, 가져가며 두 이마를 맞댔다. 여자가 천천히 하강했다. 같은 높이에서 시선을 맞추다가, 두 입술이 가볍게 맞닿았다가, 떨어졌다. 여자가 더 하강하고, 해수가 발꿈치를 들었다. 봉긋한 가슴이 코끝에 닿았다. 둘은 서로의 가슴 사이에 얼굴을 파묻으며 가느다란 등과 허리를 껴안았다. 궤가

덜컹거리든, 안에서 신음이 나든 아무런 문제가 없다는 양.

"염아."

염은 물속에서 빠져나온 것처럼 숨을 크게 들이쉬며 눈꺼풀을 번쩍 들어 올렸다. 눈앞엔 고개를 숙이고 걱정스럽게 자신을 바라보는 해수가 있었다. 뻑뻑한 눈을 몇 번 껌벅이면서 목을 들어 상황을 살폈다. 익숙한 반지하 단칸방. 제대로 닫히지 않은 암막 커튼 틈새로 푸른 새벽빛이 방안으로 새어 들어왔다. 분명 술을 진탕 마시고 있었는데, 해수를 부르곤 잠이 든 모양이었다.

해수는 침대 머리에 기대어 앉아 염의 머리를 허벅다리에 올리고 땀에 젖은 머리칼을 쓸어 넘겨주었다. 아래로 길게 늘어진 해수의 검은 머리칼 끝이 염의 눈가를 간지럽혔다.

"악몽이라도 꿨어? 땀범벅이야."

"해수…… 네가 나왔는데, 이상한 꿈이었어."

"어땠길래?"

"몰라. 괴상한 개꿈."

얼마나 잔 건지 어깨까지 뻐근해서 주욱 기지개를 켰다. 있는 대로 입을 크게 벌리고 하품하자 해수는 이때를 놓치지 않고 입안으로 손가락을 쏙 집어넣었다. 염은 해수의 손가락을 치아로 잘근잘근 씹으면서 낄낄댔다. 술을 마시고 간밤에 벌어진 일이 찰나의 꿈이었던 것처럼.

"해수야, 내가 또 너한테 나쁜 말 했지—."

염은 나른하게 말꼬리를 늘이며 말했다. 해수의 얼굴이 새벽빛을 받아 새파랬다. 해수는 잠에 취한 염의 눈을 마주 보다가 바보같이 헤벌쭉 웃어 보이며 답했다.

"괜찮아."

우산을 골프채처럼 휘두르다가 벽에 부딪혀서 우산살이 직각이 됐고, 에어컨 리모컨이 박살 났지만 괜찮아. 해수는 염이 술에 절어있는 동안 벌인 일들을 말해주려다가 입을 다물었다.

염은 술을 마시면 폭군이 따로 없었으나 술에서 깨면 기억하지 못했다. 아니, 기억하나 부정했다. 처음엔 자신이 물건을 깨고 부순 것을 꿈이라 여겼다. 안 그래도 좆같은 현실인데, 제 손으로 지옥을 만들 리가 없다고 생각했다. 하지만 무거운 맥주잔이 바람에 날려 바닥에 조각조각 나뒹군다거나, 선풍기 머리가 자기 혼자 부러져 덜렁거릴 리 없었다. 괴롭고 끔찍해서 다시 술을 마셨다. 또 고함을 지르고 물건을 부쉈다. 술은 습관처럼 폭력의 고삐를 풀었고, 염은 쓰레기장 속 왕이 되었다. 그 탓에 많은 여자가, 가족이, 친구가 염을 떠났다.

 하지만 해수는 달랐다. 해수는 늘 염이 술을 마실 때면 얌전히 곁을 지키다가 엉망진창이 된 염의 집을 치웠다. 어찌나 완벽한지 술에서 깬 염은 자신이 한 행동과 내뱉은 말들이 정말 꿈에서 일어난 일인지 진짜인지 헷갈릴 지경이었다. 해수는 무섭다며 질질 짜지도 않았고, 가르치려 들지도 않았다. 단지 해수는 염이 술에서 깨면 꼭 티를 냈다. 내가 계속 네 곁에 있었다고. 앞으로도 옆에 있을 거라고.

 염은 이런 부류의 여자를 잘 알았다. 자기가 혼자라는 이유만으로 혼자인 것에 멋대로 동질감과 동정을 느끼는 여자. 제대로 된 사랑을 받아본 적 없을 게 뻔하고, 사회성이 없을 게 뻔하고, 조금 잘해주면 사랑받는다고 착각하며 헌신할 게 뻔한 여자. 염은 그런 뻔한 해수가 좋았다.

　해수를 옆에 두면 더러운 기분으로 잠에서 깨지 않아도 되었다. 도박으로 돈을 다 날려도, 그 탓에 몰두하던 목공예를 그만두어도, 남들은 번듯한 전셋집과 직장을 오갈 때 반지하 단칸방에서 하루 벌어 하루 살아도, 깨끗한 집에서 해수를 안고 있자면 조금은 괜찮은 인생을 사는 것 같았다.

　염은 거칠한 손바닥으로 해수의 볼을 감싸며 평소보다 다정한 목소리로 말했다.

　"미안해. 요즘 스트레스를 많이 받아서."

　"응, 이해해."

　오늘도 해수는 괜찮았다. 그럼 된 거 아닌가. 아무에게도 피해를 준 게 없는데? 비록 기억이 온전치는 않았지만 확실한 건 한 번도 해수를 때린 적은 없었다. 염은 여자를 때리는 쓰레기까지는 아니었다.

"사랑해, 해수야."

해수는 수줍게 입꼬리를 올리며 애정에 화답했다.

"난 언제나 네 곁에 있어 염아."

염은 해수의 검은 머리칼 사이로 손가락을 집어넣고 밑으로 당겨 입을 맞췄다. 따듯한 말을 뱉은 해수의 파란 입술은 시체처럼 차갑고 푸석하게 말라 있었다.

―염아, 나 앞에 와 있어. 도시락 싸 왔으니깐 가져가.

오전 열한 시 삼십 분. 염은 휘파람을 불며 흰색 철제 펜스로 둘러싸인 공사장 입구로 향했다. 아침에 메시지로 넌지시 운을 띄웠을 뿐인데 곧바로 도시락을 싸 오다니. 당연히 해수라면 그럴 거라고 예상했지만, 원하던 바가 이루어지는 건 역시 기분 좋은 일이었다.

 펜스 틈새 너머로 보이는 공사장 바깥엔 봄을 맞아 심은 어여쁜 꽃들이 살랑거렸다. 꽃들 사이로 핸드폰을 만지작거리는 해수가 보였다. 검은 긴 생머리에 가느다란 몸. 살짝 내리깐 단정한 눈에 아담하고 오밀조밀한 코와 입술. 곱게 앞으로 모은 두 손. 그야말로 절경인 완벽한 그림이었다.

 염이 해수의 어깨에 손바닥을 턱 얹으니, 해수는 기다렸다는 듯 밝게 웃으며 고개를 들었다.

 "진짜 왔네."

 "염이 네가 직접 싼 도시락 먹고 싶다며. 고생하는데 이런 거라도 해줘야지."

 "뭐 싸 왔어? 오, 옷도 새로 산 거야? 예쁘다

야."

해수는 얼굴을 붉히며 청순하게 늘어트린 검은 머리칼을 만지작거렸다. 염은 해수가 들고 온 삼단 찬합을 힐끔거리다가, 온 김에 같이 먹자며 해수를 펜스 안쪽 공사 현장으로 이끌었다.

"이야— 염! 이 새끼, 남자였네! 여자 친구가 도시락도 싸 오고! 장가가도 되겠어!"

"아 반장님, 놀리지 마요."

나무 팔레트 위에 둥글게 모여 앉아 담배를 태우고 있던 나이 지긋한 아저씨들이 염을 향해 휘파람을 불었다. 여자 친구가 남자 기를 살려준다, 역시 내조하는 사람이 있어야 사는 맛이 난다며 낄낄대는 소리에 염은 괜히 멈춰 서서 자랑스럽게 해수의 어깨에 팔을 둘렀다. 공사판에 뛰어든 지 꽤 오랜 시간이 지났는데도 마초들 사이에서 영 기를 펴지 못하고 있었는데, 역시 제일의 자랑거리가 되는 건 예쁘고 어린 여자 친구였다. 염은 웃음을 억누르지 못하고 입이 찢어져선 우쭐댔다. 품 안에 안긴 해수도 여느 때처럼 수줍게 웃고 있을 게 분명했다.

그때 해수가 갑자기 염의 허리를 두 팔로 꽈악 세게 껴안았다. 어찌나 꽉 안았는지, 배를 쥐어 비틀면 꽤액! 하고 우스꽝스러운 소리를 내는 닭 인형처럼 비명을 지를 정도였다.

"왜 이래?!"

갑작스러운 큰 소리에 아저씨들이 눈을 커다랗게 뜨고 끔벅이며 염을 바라봤다. 아저씨들은 "아가씨가 쑥스러운가보다.", "우리가 너무 짓궂었다.", "애인한테 그러지 마라."라고 말하며 갑자기 싸해진 분위기를 풀기 위해 애썼다.

"아니에요. 제가 잘못했어요. 염이는 잘못 없어요."

아저씨들은 염을 두둔하는 해수를 묘한 눈빛으로 바라봤다. 염은 억지로 힘주어 입꼬리를 올려 보이곤 해수의 팔목을 붙잡았다.

"저는 따로 여자 친구랑 밥 먹고 합류할게요."

"그래그래. 좋은 시간 보내고. 천천히 와도 돼."

염은 해수를 공사 현장 구석 그늘진 곳으로 데려갔다. 그러곤 부끄러운 건지 화가 난 건지 모를 새빨간 얼굴로 씩씩거렸다.

"야, 네가 그러면 내가 뭐가 돼. 아저씨들이 날 어떻게 생각하겠어."

"미안해 염아. 난 그냥 네가 너무 좋아서······."

"이런 식이면 나 더 이상 너랑 못 만나."

"미안해, 내가 잘할게. 얌전히 옆에만

있을게."

해수는 자그마한 두 손을 파르르 떨면서 염의 옷자락을 붙잡았다. 염은 그런 해수를 내려다보았다. 어차피 헤어질 생각은 눈곱만치도 없었다. 이건 다 해수를 위한 거다. 해수도 사소한 실수로 사람이 떠날 수 있다는 걸 알아야 하지 않겠는가.

"나도 너랑 헤어지고 싶지 않아 해수야. 그러니까 아저씨들한테 널 자랑하려고 했지. 조심하자, 응?"

해수는 고개를 세차게 끄덕였다. 염은 만족스러운 웃음을 지으며 두 손을 쭉 뻗어 이리 오라는 신호를 보냈다. 해수는 서둘러 염의 품에 폭 안겼다.

"우리 화해한 거다?"

"응. 고마워 염아."

해수는 고개를 들어 아주 기쁜 듯 웃어 보였다.

둘은 사이좋게 도시락을 풀어 서로의 입에 주먹밥을 넣어주었다. 해수는 언제 몸을 떨었냐는 듯 볼을 붉힌 채로 시원스럽게 주먹밥을 먹어 치우는 염을 바라보았다. 둘은 누가 보아도 다정한 커플이었다.

"어젠 집에 잘 들어갔어?"

"응. 노주가 집에 와 있어서 같이 이야기 좀 나누다가 출근했어."

"그 절친? 걔는 거의 너희 집에 사는 것 같네. 너무 염치없는 거 아니야?"

해수는 곁에 사람이라곤 염밖에 없는 것처럼 굴었지만, 자주 이야기하는 소꿉친구가 하나 있었다. 하지만 해수 집에 얹혀살다시피 하는 걸 보면 그다지 쓸만한 친구는 아닌 것 같았다.

"아니야. 그냥 내가 고민이 있거나 힘들 때면 같이 있어 주는 거야."

염은 해수의 말을 듣곤 코웃음을 치며 비죽거렸다.

"그런 친구랑은 좀 거릴 두도록 해."

"왜?"

"내가 그런 앤 아주 잘 알거든. 너 하나 붙잡고 더 잘살아볼 시도조차 하지 않는 부류. 뻔해. 자기 것도 아닌 아늑하고 안전한 고치 속에 숨어서 자기 위로나 하겠지. 이제 나이도 있는데, 걔도 자기 짝이랑 놀라 그래. 우리 사이에 끼지 말고."

"……하지만 노주한텐 나밖에 없는데."

염은 예상치 못한 반응에 한쪽 눈썹을 들어 올리며 해수를 바라봤다. 염은 새삼스럽게 간밤에 꿨던 괴상한 꿈이 떠올랐다.

"노주 걔, 여자지?"

"응, 여자 맞는데 왜?"

"긴 검은 생머리고?"

"응. 맞아. 어떻게 알았어?"

염은 잠시 눈을 굴리다가 별 시답잖은 생각을 했다는 듯, 바람 빠진 소릴 내며 픽 웃었다. 그러곤 해수의 물음에 답하진 않고 엉덩이를 탈탈 털면서 자리에서 일어났다.

"잠깐 걷다가 들어가자."

염은 뒤 한번 돌아보지 않고 긴 다리로 척척 앞서 걸었다. 구석에 자란 연둣빛 강아지풀을 하나 뜯어 들고 팔랑거리면서 공사장을 거닐었.

해수는 종종걸음으로 뒤따르면서 염의 모습을 눈에 담았다. 벙벙한 나일론 바지 끝단 아래 슬쩍슬쩍 보이는 툭 튀어나온 복숭아뼈, 가슴에 달라붙은 흰색 민소매 티를 떼어내는 굵은 손가락 마디마디, 상투를 틀어 올린 머리 아래

목덜미로 흘러내린 잔머리 몇 가닥. 해수는 한참 앞서 있는 염을 향해 앞으로 손을 쭉 뻗었다. 염의 등이 한 손에 들어왔다. 손가락을 구부려 염의 몸통을 쥐었다가, 펼쳤다. 검지로 등허리를 쓸며 자그마한 염을 쓰다듬었다.

 염은 걸으며 무언가 계속 해수에게 주절거렸다. 점심시간이 끝나고 다시 시작된 공사 소음에 아무것도 들리지 않았지만 둘 사이엔 아무런 문제가 없었다. 염은 해수가 있다는 것만으로, 해수는 염이 있다는 것만으로 충분했다.

 염은 그날 기분이 좋아, 일을 마치고 집에서 술을 진탕 마셨다.

*

여자가 또 꿈에 나왔다. 거꾸로 서 있는. 이번에 해수는 없었다.

여자는 저 멀리 두 블록 정도 너머에 서 있었는데, 꽤 먼 거리인데도 꿈이라 그런지 여자의 얼굴이 생생하게 보였다. 염은 여자에게 시선을 빼앗겨 우두커니 서 있었다.

찢어진 입가. 시야를 가리는 퉁퉁 부은 벌건 눈두덩이. 거무죽죽하고 너덜거리는 볼. 여자의 얼굴은 끔찍이도 엉망진창이었고, 숨이 막히기라도 한 것처럼 추하게 입을 벌린 채 헉헉거렸다. 염은 역겹다는 듯이 미간을 찌푸렸다. 그리고, 그 여자와 눈이 마주쳤다.

여자가 똑바로 염을 응시했다. 그러곤 입을 뻐끔거리며 무어라 말을 건넸다.

눈을 번쩍 떴다. 염은 꿈에서 본 여자의 입

모양을 상기하며 중얼거렸다.

"사랑, 하지, 않아?"

전에 만났던 여자 중 하나인가? 전혀 모르겠는데. 피투성이에 이목구비가 안 보일 정도로 뭉개져선. 염은 자신에게 원한을 품은 여자가 꿈에 나오나 싶어 괜히 등골이 오싹해졌다.

"난 염이 널 사랑하는데."

"아씨, 깜짝이야!"

옆에 해수가 누워 있었다. 여느 때처럼 집을 치우고 곁을 지키고 있던 모양이었다.

염은 술기운에 머리가 지끈거리고 현실 감각이 돌아오질 않아 손을 뻗어 해수의 얼굴을 더듬거렸다. 손끝에 두껍게 바른 파운데이션의 감촉이 느껴졌다. 염은 사람 피부 같지 않은 표면을 더듬으며 미간을 찌푸렸다. 애가 원래

이렇게 화장을 두껍게 했던가? 점차 시야가 또렷해졌다. 해수의 얼굴선이 울룩불룩했다.

해수의 볼에 닿은 손바닥이 따끔거려 들여다보니 튀어나온 뼈 모양을 따라 울긋불긋하게 피부가 벗겨져 있었다. 불쾌하게 신경을 건드리는 통증과 함께 희미한 기억이 머릿속에 툭툭 떠올랐다.

그래, 분명 기분 좋게 술을 마시기 시작했다. 그런데 형편도 안 되면서 목공예 자재를 잔뜩 쌓아둔 방을 보니 걷잡을 수 없이 화가 치솟았다. 이런 데서 썩고 있을 인재가 아니라고, 이런 삶이 내 삶일 리가 없다고, 이게 현실일 리가 없다고 생각했다.

믿기지 않아 제 뺨을 쳤다. 한 대 내리치고, 반대쪽을 또 내리쳤다. 점점 세게 내리쳤다. 살과 살이 맞닿는 마찰음이 귀에 울렸다. 그다지 아프지 않았다. 역시 꿈인 게 분명하다고 생각하며 웃었다. 그때, 해수가 팔을 붙잡았다. 정신 차리라며 눈을 맞췄다. 해수의 눈 안에 나일리가 없는 내가 보였다.

저건 내가 아니야.

손에 잡히는 각목을 휘둘렀다. 나무판자를 들어 내리쳤다. 그것들이 해수에게 향했다. 팔을 붙잡고 있는 손등에, 어깨에, 머리에. 그런데 해수는 아무 일도 없었던 것처럼 멀쩡한 얼굴로 곁을 지키고 있었다.

숙취로 머리가 아파 어디서부터 어디까지가 꿈이고 현실인지 분간이 되질 않았다. 방은 여느 때와 같이 깔끔하게 정리되어 있었고, 잔뜩 쌓여있는 나무판자는 한두 장 없어진다고 티가 나지도 않았다. 그래, 해수를 때린 것도 꿈이고, 또 혼자 난리법석 떨다가 손바닥이나 다친 거

아닐까? 전에도 그런 적 많았잖아.

　해수가 찬물이 담긴 컵을 건네며 미소를 지었다. 눈이 어둠에 익숙해지면서 해수의 얼굴이 더 선명하게 드러났다. 덕분에 염은 굳이 "내가 널 각목으로 때리지 않았어?"라고 묻지 않아도 됐다. 해수의 얼굴이 부푼 풍선을 여러 개 접붙인 것처럼 울룩불룩했다. 손가락부터 손등까지 덕지덕지 덮고 있는 밴드 끝은 너덜거렸고, 끈적이는 접착제가 건네받은 컵 표면에까지 더럽게 달라붙어 있었다. 두꺼운 화장으로 상처를 숨기려고 한 모양이었지만 도저히 감출 수 없는 몰골이었다.

　축축하게 번들거리는 해수의 눈동자가 염을 담았다.

　"얼굴 가까이 대지 마."

　염이 해수의 어깨를 손바닥으로 밀어내며

말했다.

　속이 울렁거렸다. 다 해수 때문이다. 분명 멍청이같이 서 있다가 맞았겠지. 애당초 옆에 있지만 않았으면 이런 일도 없는데. 아무렇지 않다는 양 웃고 있는 것도 꼴 보기 싫었다. 저 얼굴, 저 태도 때문에 닿고 싶지 않았던 바닥까지 추락한 게 절절히 느껴졌다.

　뒤로 밀쳐진 해수는 눈을 동그랗게 뜨고 눈꺼풀을 깜빡이며 염의 얼굴을 바라봤다. 잔뜩 일그러진 미간, 증오가 담긴 차가운 눈동자. 해수는 떨리는 손으로 염에게 손을 뻗었다.

　"저리 가라고! 니 얼굴 징글징글하다고!!"

　염이 해수의 손을 세게 쳐내고 가슴팍을 밀쳤다.

　해수는 으, 어, 소리만 내며 입을 뻐끔거렸다. 그러곤 제 얼굴을 더듬거렸다. 이래도 괜찮아

저래도 괜찮아 허허실실 웃기만 하던 해수가 갈비뼈에 손을 대고 누르며 서글프게 눈물을 흘렸다. 둑이 무너진 것처럼 눈에서 물이 줄줄 흘러내리며 바닥에 떨어졌다. 해수가 우는 걸 처음 본 염은 당황해서 저도 모르게 뒤로 물러섰다.

    해수는 더 멀어진 염을 보며 질식할 지경으로 흐느꼈다. 제대로 숨을 쉬기가 힘든지 몸을 웅크리면서도 시선은 똑바로 염을 향했다. 검은 머리칼이 얼굴 여기저기에 엉겨 붙은 채 눈물과 침을 흘리는 모습이 곧 죽을 짐승 같았다. 해수의 입에서 꺽꺽 숨이 넘어가는 소리가 들렸다.

    염은 일단 가라앉혀야 한다는 생각에 평소 하던 대로 두 팔을 뻗어 화해의 제스처를 취했다.

    "손바닥이 따가워서, 예민해져서 그랬어. 이리 와."

해수는 숨을 거칠게 몰아쉬며 염의 표정을 살피다가 주춤주춤 염에게 다가가 품에 안겼다. 시체처럼 차갑고 딱딱한 해수의 몸이 염에게 매달리듯 깊게 달라붙었다. 해수는 품에 안겨서도 진정하지 못하고 사람 하나가 죽은 것처럼 비통하게 울부짖었다. 염은 품에서 느껴지는 해수의 축축한 얼굴과 끈적한 호흡이 끔찍하게 느껴졌지만 차마 몸을 다시 떼어낼 수 없었다.

*

"……뭐야."

새벽 다섯 시. 염은 천장에서 떨어진 정체 모를 점액질의 액체에 놀라 눈을 떴다. 손으로 눈가에 튄 액체를 닦아내는데 끈적하다 못해 걸쭉했다. 냄새도 비릿한 게 물이 새는 것 같지는 않았다.

"야, 해수야. 불 좀 켜봐."

습관처럼 해수를 부르는데 대답이 들려오지 않았다. 침대 옆을 만져보니 이불만 만져졌다. 자꾸 얼굴로 떨어지는 액체에 염은 구시렁대며 침대에서 일어나 등을 켰다. 아니, 켜려고 했다. 등이 켜지질 않았다.

"아씨, 이건 또 왜 이래. 일 나가야 하는데."

애꿎은 버튼만 달칵거리다가 벽을 더듬거리며 다시 침대 쪽으로 다가갔다. 사방이 어두우니 단칸방인데도 뭐가 자꾸 발에 채고 부딪히면서 움직이기가 힘들었다. 집에 나무판자부터 공구까지 잡다한 물건이 가득한 탓이었다.

손끝에 다시 사각거리는 이불이 만져지고, 충전기 선을 잡아끌어 핸드폰 전원 버튼을 눌렀다. 그런데 핸드폰 화면이 켜지질 않았다.

분명 충전기가 꽂혀 있었는데. 가만 보니 평소 우우웅 우렁찬 소리를 내던 구닥다리 냉장고마저 조용했다. 오랜 시간 정전이 된 것 같았다. 사방이 고요하고 어두웠다.

그때, 창밖에서 절퍼덕거리는 소리가 들렸다. 질퍽, 질퍽, 질퍽, 끈적한 진창을 빠르게 뛰는 소리 같았다. 비라도 오는 걸까. 염은 일단 방을 비춰야 한다는 생각으로 침대를 밟고 올라서서 작게 난 창문의 암막 커튼을 젖혔다.

철장 사이로 보이는 땅이 바싹 말라 있었다. 그리고, 밖엔 아무도 없었다. 그런데도 누군가 뛰는 소리가 계속 들렸다. 질퍽한 발소리가 골목의 앞뒤로 빠르게 들렸다.

염은 소리가 들리는 쪽으로 얼굴을 들어 올렸다.

위에 거꾸로 된 얼굴이 있었다. 멍들고 피가

흐르고 너덜거리는 얼굴이다. 여자의 얼굴이 불쑥 가까이 다가왔다. 눈을 크게 뜬 여자가 똑바로 염의 눈을 응시하며 말했다.

"드디어 봤다."

염은 그대로 기절해 아침이 되어서야 일어났다.

"염이, 웬일로 지각이야. 늦잠 잤어?"

조회가 끝나고 한참 후에야 뒤늦게 허겁지겁 일터에 나온 염의 어깨에 반장이 팔을 턱 얹으며 물었다. 염은 숨을 헐떡이며 줄줄 흐르는 땀을 닦다가 어깨에 느껴지는 충격에 화들짝 놀라 팔을 세게 뿌리쳤다. 예민하게 구는 염에 놀란 반장은 되레 "나야, 나. 괜찮아."라고 염을 달래야 했다. 염의 얼굴은 피가 쭉 빠진 것처럼 창백하면서 핼쑥했고, 반장의 늦잠이라는 말이 머쓱할 정도로 한숨도 못 잔 듯 눈이 게슴츠레했다.

"하…… 반장님. 놀랐잖아요."

"뭐야, 진짜 무슨 일 있어? 꼴이 왜 그래?"

염은 반장을 보며 하고 싶은 말이 목 끝까지 차올랐지만, 무어라 말해야 할지 모르겠기에 입만 우물거렸다.

기이한 일, 이라고 밖엔 설명이 안 됐다. 아니, 기이하다고 해야 할지 찜찜하다고 말해야 할지도 헷갈렸다. 두꺼비집이 혼자 내려가서 핸드폰 충전은 안 되어 있지, 천장에선 정체 모를 검은 액체가 뚝뚝 떨어지지 않나. 그래, 다른 건 아무래도 좋았다. 싼값에 들어가 있는 낡은 집이니 운이 더럽게 나쁘다고 넘길 수 있었다.

"그, 반장님. 몸 반으로 접어서 정면 한번 봐봐요. 아니, 얼굴 꺾어서."

"어? 이렇게 말이냐?"

정수리에 피가 쏠려 얼굴이 새빨개진 반장은 우스꽝스러운 모습으로 염을 올려다보았다.

"이런 느낌이 아니었는데……."

염은 "뭔데 그래?"라며 계속해서 묻는 반장의 목소리가 귀에 들리지 않았다. 금방 기절해 버렸는데도 창문 너머 여자의 얼굴이 자꾸만 떠올랐다. 분명 꿈에서 본 그 여자였다. 거꾸로 서 있던 것조차. 머리 옆으로 다리가 보이질 않았으니까.

염은 고개를 좌우로 세게 흔들었다. 착각한 거겠지. 반지하에 살면 별별 이상한 사람 많이 본다고 하지 않나. 지금껏 덩치 큰 남자인 덕에 운 좋게 피해 갔던 걸지도 모른다. 아니면 육체노동이 힘들어서 꾼 꿈을 현실과 착각한 걸지도.

염은 두 손으로 얼굴을 세수하듯 세게 비비며

반장의 뒤를 따라 일터로 들어갔다. 일이 끝나면 기분 나쁜 일은 다 잊고 푹 잘 수 있도록 딱 소주 한잔만 하고 자야지 생각하면서.

*

꿈에 그 여자가 또 나왔다. 이젠 처음부터 염을 정확히 응시했다. 심지어 가까이 다가왔다. 아니, 따라오고, 쫓았다. 하늘에서 나는 절퍼덕거리는 소리가 소름 끼치게 빠르게 다가왔다.

가느다란 몸에 피투성이인 모습은 허약해 보이기까지 했는데도 염은 여자를 피해 내달렸다. 뒤를 돌아보다가 돌부리에 걸려 바닥에 나동그라지고 손톱이 부러지고 얼굴이 갈렸으나 주저앉아있을 여유는 없었다. 도망쳐야 했다.

**잡히면 죽는다. 그런 확신이 들었다. 여자는 결코
염을 가만두지 않을 게 분명했다.**

"허억……."

침대가 땀으로 축축했다. 그런데도 염은 정신이 들자마자 이불로 몸을 칭칭 감쌌다. 지하 특유의 찬기가 이리도 기분이 나빴던가. 집안의 눅눅한 공기가 몸을 휘감으며 무언가 주위를 맴도는 기분이 들었다.

염은 눈을 천천히 굴리며 이불을 몸에 감싼 채로 상체를 일으켰다. 주변이 어두워 암막 커튼을 걷고 싶었지만 창문 근처엔 손조차 댈 수 없었다. 창문 밖을 보면 또 피투성이 여자와 눈을 마주칠 것만 같았다.

침대를 더듬어 핸드폰부터 찾았다. 다행히 이번엔 방전되지 않고 멀쩡했다.

"젠장……."

고작 한 시간 잤다. 일을 나가려면 더 자야 하는데, 도저히 다시 잘 마음이 들지 않았다.

아쉬운 대로 핸드폰 플래시를 켜 주변을 밝혔다. 긴 직사각형 형태의 단칸방. 갑갑해서 일부러 문을 활짝 열어둔 비좁은 화장실, 냉장고, 침대, 그리고 직접 만든 밝은 미색의 나무 가구들이 보였다. 그 외엔 마구잡이로 쌓아둔 여분의 나무판자들과 공구들. 자기 전과 그대로였다. 염은 왜 자신이 집안을 새삼 샅샅이 둘러보고 있는지 알 수 없었으나 어쩐지 그래야 할 것만 같았다.

이마와 관자놀이를 타고 땀이 계속 흘러 눈앞을 가렸다. 이미 푹 젖어버린 이불자락 끝을 들어 대충 이마를 닦아내고 안도의 숨을 내쉬면서 침대에 다시 지친 몸을 뉘었다. 그러다 옆을 보곤 또 기절할 뻔했다. 침대 옆에 세워둔 나무판자에 사람 얼굴 같은 거뭇한 얼룩이 있었다. 그 여자처럼 커다란 눈에 입이 쭉 찢어진 것 같은.

공기가 과히 눅눅하고 축축했다. 분명 장마철에도 이 정돈 아니었는데, 천장에도 곰팡이 얼룩이 점점 영역을 넓혀 가고 있었다. 직접 만든 나무 가구에서도 쾨쾨한 냄새가 풍기고 군데군데 거무튀튀하게 변해 있었다. 천장에서 정체 모를 검은 액체까지 떨어지는 걸 보면 위에 오래되고 녹슨 파이프 같은 게 있을지도 몰랐다. 뭔가, 터가 안 좋은 걸지도. 그래, 그래서 몸이 허해진 걸지도 모르겠다고, 그래서 자꾸 악몽을 꾸는 거라고 염은 욕지거릴 내뱉으며 생각했다.

부우웅. 핸드폰 진동 소리가 울렸다. 염은 몸이 밟힌 지렁이처럼 꿈틀거렸다가 화면에 뜬 익숙한 이름을 보곤 피곤한 듯 눈가를 꾹꾹 눌렀다.

"어. 해수야 왜."

"어, 받네. 안 잤어?"

"네가 걸었잖아. ……중간에 깼어. 왜?"

해수는 핸드폰 너머로 다음 말을 꺼내길 머뭇거렸다. '그날' 이후로 해수를 편하게 대하기 껄끄러워진 염은 괜히 신경질적으로 빨리 용건만 말하라며 다그쳤다.

"그게…… 나, 이상한 꿈을 꿨는데."

온몸이 마비된 것처럼 딱딱하게 굳었다. 단지 이상한 꿈을 꿨단 얘기를 들었을 뿐인데 위험을 감지한 짐승처럼 몸의 털이 쭈뼛 곤두섰다.

"무, 무슨 꿈인데?"

"네 집이었는데, 어떤 여자가 창문 너머로 널 보고 있었어."

염은 고개만 돌려 창문을 올려 보았다. 여전히

암막 커튼이 쳐진 채였다.

"상처투성이인 여자였어. 눈은 충혈돼서 흰자까지 빨갛고, 입술은 짓이겨진 것처럼 터져서 너덜거리고. 길고 검은 머리가 피에 젖어 엉겨 붙은……."

분명 그 여자다. 꿈이 아니었나? 아니, 꿈이든 실제든 왜 그게 해수의 꿈에까지 나오지?

"……확실한 건, 산 사람이 아니었어."

"그게 무슨 소리야?"

"죽은 사람은 거꾸로 다니거든."

염은 목구멍이 아플 정도로 긴장해서 목소리를 내지도, 침을 삼키지도 못했다. 해수는 평소 이런 장난을 치는 성격이 아니다. 방안에 해수의 "여보세요?"하는 음성만 울려 퍼졌다.

"염아, 왜, 무슨 일 있었어?"

염은 떨리는 목소리로 지금까지 있었던

이상한 일들을 해수에게 털어놓았다. 머릿속에 남자 새끼의 자존심 따윈 남아있지 않았다.

"나 말고 다른 사람한테도 말했어?"

"……무슨 바보 취급을 당하려고."

"난 네가 어떤 모습이건 옆에 있어 염아."

염은 순간 얼이 빠져 아무 말도 하지 못했다. 사람을 있는 대로 불안하게 만들어 놓고 태평한 말이나 하는 게 어이가 없었다. 하지만 그런 것보다도 지금은 암막 커튼 너머가 신경 쓰여서 미칠 것 같았다.

염은 주먹을 꽉 쥐고 입가에 경련을 일으키며 말했다.

"해수야. 나 며칠만, 아니 오늘 하루만이라도 너희 집에서 자면 안 될까."

"오늘은 집에 노주가 있어서 안 되는데."

"아니, 그 친구는 다음에도 만날 수 있잖아.

언제나 내 옆에 있겠다며."

"미안. 노주도 사정이 있어 우리 집에 있는 거라서."

염은 아득해질 정도로 머리에 피가 몰렸지만, 도저히 혼자 있을 자신이 없어서 최대한 목소리를 낮추어 해수를 어르고 달랬다.

"그럼 네가 여기로 와. 하루만 같이 있어 줘, 너 같이 자는 거 좋아하잖아, 응?"

해수는 그것마저 거절하진 않았다. 잠시 후 해수가 도착했을 때 염은 초인종이 울리기도 전에 문밖으로 뛰쳐나가 해수를 반겼다.

함께 있는 내내 염은 품에서 해수를 놓아주지 않았다. 밤이 새도록 불안하게 주위를 두리번거리면서.

*

꿈에서 해수를 발견했다. 다행히 혼자가 아니었다.

염은 해수의 팔을 붙잡고 다시 달렸다. 그런데 해수가 너무 느렸다. 자꾸 발을 헛딛고 뒤처졌다. 염은 답답하게 굴지 말고 빨리 오라며 해수를 잡아끌었다. 하늘에서 나는 질퍽거리는 소리가 가까웠다.

눈앞에 집이 보였다. 염은 바닥에서 무릎을 질질 끌고 있는 해수의 팔을 세게 당겨, 집 안으로 같이 들어가 허겁지겁 문을 닫았다. 침대 아래? 옷장 속? 숨을 곳이 있는지 사방을 살폈다.

그런데 손에 잡힌 감각이 이상했다. 뼈에 쭈글쭈글하고 끈적한 살가죽만 겨우 붙어 있는 감촉이었다. 염은 팔을 들어보았다. 잡은 팔이 거미같이 길고 가늘었다. 해수가 아니었다. 팔이 공중으로 이어져 있었다. 염은 팔을 따라 고개를 치켜올렸다.

여자다. 염이 문 안쪽으로 여자를 들여왔다.

염은 팔을 놓고 뒤로 넘어졌다. 땅을 발로 차며 필사적으로 몸을 뒤로 밀었다. 도와달라고, 살려달라고 외쳤다. 여자가 기다란 검지로 염을 가리켰다. 염의 입이 실로 꿰매어졌다. 염은 목소리를 잃고 침묵했다. 여자가 검지를 아래로 누르듯 내렸다. 염의 몸이 바닥에 달라붙었다. 눌려 터질 것만 같은 공포감이 온몸을 짓눌렀다. 코에서 뜨끈한 액체가 흘러내렸다. 염은 바닥에서 빌고 또 빌었다.

누구든 날 구해줘.

염은 해수의 손을 잡고 경찰서로 향했다. 당장은 경찰서밖에 떠오르지 않았다. 다시 잠이 들기 전까지 뭐라도 해야 했다.

경찰은 친절하게 "무슨 일로 오셨습니까." 물었다가, 신고자가 해수가 아닌 염이라는 걸 알고는 눈을 샐쭉하게 떴다. 염은 힘들고 괴롭고 끔찍했으나 막상 경찰 앞에 서니 "어떤 여자가 집안을 보고 있었다." 외엔 더 말할 수 있는 사실이 없었다. 횡설수설 말을 늘어놓는 염의 행색을 위아래로 살피던 경찰은 직접적인 피해를 본 게 없고 원래도 치안이 좋지 않은 동네이니 자주 순찰하겠다고 할 뿐이었다.

염은 "경찰이 일 처리를 이렇게 대충 해도 되냐."라며 다른 경찰관을 찾으려 했다. 하지만 "그쪽 집에서 밤마다 남자 고함과 물건 부서지는 소리가 들린다는 민원이 들어온 게 한두 번이 아니다."라는 말에 얼굴이 새빨개져서 도망치듯 해수와 뛰쳐나와야만 했다.

애당초 이런 일에 경찰을 찾은 게 문제였다. 염은 색색깔의 천이 늘어져 스산하게 나부끼는 낡은 한옥 앞에 섰다. 문고리를 쥔 염은 위축되어 등과 어깨가 잔뜩 굽었는데도, 눈은 묘한 희망으로 반짝거렸다.

삐걱거리며 열린 문 안쪽에 붉은 옷을 입은 노파가 손님을 기다리고 있었다. 평소 다 미신이라며 콧방귀를 뀌던 염이었지만, 지금 염에게 그 모습만큼 커다란 신뢰를 주는 게 없었다. 분명 방법을 알려 주리라. 염은 굿이든 부적이든 다 할 준비가 되어 있었다.

하지만 노파는 염이 문지방을 넘기도 전에 벌떡 일어나 안으로 들어오지 말라며 소리쳤다.

"나가ㅡ! 해줄 말 없어! 지벌이 내려온다!"

염은 문틀을 잡으며 다급하게 무슨 말이냐

물었으나 노파는 가차 없이 문을 닫았다. 문이 닫히기 직전 문틈 사이로 보인 노파의 부연 눈은 분명 두려운 듯이 하늘을 바라보고 있었다.

내내 옆에서 모든 상황을 관망하던 해수는 "난 언제나 네 곁에 있어."라며 절망한 염의 품에 달라붙었다. 염에겐 더 이상 해수를 밀어낼 힘조차 남아있지 않았다.

"오기만 해봐, 내가 먼저 후려쳐 버릴 테니까……."

일터로 나간 염은 구부정한 자세로 손톱을 깨물며 중얼거렸다.

오랜만에 얼굴을 비친 염을 찾은 반장은 기괴하기 짝이 없는 염의 몰골을 보고 흠칫 놀라 섣불리 말을 걸지 못했다. 팔에는 묵주와 염주 팔찌가 뒤엉켜 팔꿈치까지 빼곡했고, 목에는 나무와 금속으로 만들어진 성모 마리아와 예수 펜던트 수십 개가 매달려 잘그락거렸다. 불안한 듯 고개를 두리번거릴 땐 겉옷 안쪽에 품고 있던 용도 모를 기묘한 부적들이 부스럭대며 바깥으로 삐죽 튀어나왔다.

위험이 많이 따르는 현장에서 자기만의 의식을 치르는 일꾼은 종종 있었다. 하지만 염은 평소 별 시답잖은 걸로 유난을 떤다고 비죽거리던 놈이었기에 이상했다. 반장은 조심스럽게 염에게 다가가 팔을 툭툭 쳤다.

"염이 너, 종교 있었냐?"

반장은 말하면서도 이 사맛디 아니한 꼴을 종교라고 하는 게 맞는지 헷갈렸지만 달리 뭐라 해야 할지도 알 수 없었다.

염은 구부정하게 주머니에 손을 넣고 안에 있는 무언가를 계속 만지작거리면서 앞에 선 반장을 바라봤다. 초점이 제대로 잡히질 않아 반장을 알아보는 데도 시간이 걸렸다. 반장은 전혀 다른 사람처럼 망가진 염에게 무슨 일 있었냐고, 뭐든 말해보라며 염의 어깨를 쥐었다.

 염은 반장의 눈동자를 바라보며 바싹 마른 입술을 열었다. 여기저기 전전하며 말했던, 혹은 말하려 했던 것들을 더듬더듬 털어놓았다. 끔찍한 얼굴의 여자가 자신을 보고 있고, 계속 꿈에 나타나며, 언젠가 자신을 죽일 거라는 것까지. 반장의 얼굴이 점점 심각하게 일그러졌다.

 "염아. 혹시 약에까지 손댔냐?"

 "……예?"

 "네가 술이나 도박에 빠져 사는 건 알고 있다마는, 약에까진 손대지 말아라 염아."

 염은 곧바로 상황 파악을 하지 못하고 멍하니 눈을 끔벅이다가 순식간에 얼굴이 새빨개졌다.

"그런 거 아니라고요!!"

"염아, 정신 차리고 건실하게 좀 살아라. 참한 여자친구도 있잖냐. 이러니까 남자들이 백이면 백, 돈이나 여자 때문에 사람 죽인단 얘길 듣는 거야, 이놈아."

염은 씩씩거리며 주머니 속 물건을 세게 쥐었다가, 반장의 어깨를 거칠게 밀치곤 일터를 뛰쳐나왔다.

역시 내 말을 믿고 들어주는 건 해수밖에 없다.

*

이젠 정말 지척에 있었다. 손만 뻗으면 닿을 정도로. 하늘에서 내려온 검은 긴 생머리 끝이 눈두덩이에 닿았다.

꿈속보다 어두운 곳, 익숙한 장소로 돌아왔다. 사방이 캄캄했다. 죽기라도 할 것처럼 술을 병째 들이켰는데도 소용없었다. 여자는 그새 더 다가와 있었고, 잠도 제대로 자지 못했다.

어둠에 익숙해질 때까지 눈을 껌벅이는데 주변이 이상했다. 염은 무언가 깨닫고 벌떡 일어났다. 모든 기계가 죽은 듯이 조용했다. 핸드폰도 방전되어 켜지질 않았다.

또 정전이다. 그 여자가 처음 집에 찾아왔을 때처럼.

탁상을 손으로 더듬으며 침대에 걸터앉는데, 무언가 뾰족한 것이 발바닥을 찔렀다. 염은 눈에 힘을 주고 앞을 보려 애썼다. 점점 앞이 보이고, 바닥에 늘어서 있는 것들이 눈에 들어왔다.

뾰족하고 날카롭고 무거운 물건들. 부엌

가위, 식칼, 송곳, 망치, 톱, 볼펜까지. 집 안의 모든 묵직하고 날 선 것들의 끝과 모서리가 염을 향하고 있었다. 방사형 모양으로 저주나 주술처럼. 난 널 죽일 것이다. 물건에 영혼이 깃들어 말을 거는 것만 같았다.

 짐승 울음소리 같은 비명이 울려 퍼졌다. 염은 그것들을 피해 침대에 올라서서 벽에 찰싹 등을 붙였다. 그러자 등 뒤에 암막 커튼이 쳐진 창문 너머로 철장에 무언가 부딪히는 소리가 들렸다.

 통. 통. 통.

 둥글고 무거운 것이 둔탁하게 철장을 두드리는 소리. 그리고 무언가 쩌억 하고 벌어지는 소리가 들렸다. 염은 그게 어떤 소리인지 가늠조차 되질 않았다. 끈적하고 거대한 입이 벌어지는 소리 같기도 했다.

 염은 주저앉아 침대 머리에 달라붙어 바닥과

창문을 번갈아 보며 욕설을 퍼부었다. 무언가 무기라도 손에 들고 방어 태세를 취하고 싶었지만 침대 밑에서 자신을 향하고 있는 그 무엇도 차마 집어들 수가 없었다. 그것들은 자신이 침대 밑에 내려오기만을 기다리며 침을 흘리고 있었다.

"꺼져! 씨발! 개 같은 년아!"

허공에 각종 욕설을 내뱉었지만 울음소리에 가까워서 웅얼거림에 그쳤다.

확실한 누군가의 악의다. 도저히 사람의 짓이 아닌. 기이하고, 기괴하고, 무엇보다 목적이 보이질 않는. 아니, 자신을 괴롭히고 농락하다가 죽이는 게 유일한 목적인 것 같은.

목이 쉴 때까지 계속해서 고함을 질렀다. 그러자 창문 밖에서 느껴지던 인기척이 멀어졌다. 질퍽거리는 발소리가 점점 작아졌다.

간 건가. 헉헉대며 숨을 고르는데 다시 소리가

들렸다. 창문이 아닌 현관으로 통하는 계단 쪽에서. 소리가 다가왔다. 질퍽, 질퍽, 질퍽.

소리가 멈춰 섰다. '그것'이 문을 두드렸다.

쿵. 쿵. 쿵.

손가락 따위가 아니다. 저 소리는 분명 머리가 문에 부딪히는 소리다.

염은 몸을 웅크린 채로 벌벌 떨면서 그것이 떠날 때까지 기다렸다. 하지만 아무리 기다려도 기척이 사라지지 않았다. 분명 그것은 아직 염의 집 앞에 있었다.

염은 어디로든 도망가고 싶었지만 침대 아래로 내려갈 수도, 창문을 열 수도 없었다. 염은 떨리는 손을 뻗어 침대에서 내려가지 않은 채 주변에 있던 나무판자를 끌어와 울타리처럼 세웠다. 일단 뭐라도 주변을 감싸 막아야 한다고 생각했다. 그게 효과가 있는지는 중요하지 않았다. 일단 숨어야 한다고 생각했다. 염은 사방을 막은 다음 마지막으로 천장을 만들 듯이 하늘을 덮었다. 엉성하게 만든 나무 상자 안에 자신을 가두고 이불 속에서 벌벌 떠는 것 말고는 염이 할 수 있는 건 없었다.

그대로 몇 시간이 지났을까. 요의를 참지 못한 염이 오줌을 지려 집안은 악취와 음침한 공기로 가득 찼다. 공포와 암모니아 냄새로 정신이 아득해질 때쯤, 도어록에 누군가 손을 대는 소리가 들렸다.

삑. 삑. 삐리릭.

염은 갑작스럽게 들어온 침입자에 숨을 죽인 채 이불만 감싸 쥐고 벌벌 떨었다. 나무판자 사이로 침입자의 실루엣이 보였다. 긴 생머리를 늘어뜨린 작은 몸집의 여자였다. 여자는 현관에 잠시 가만히 서 있더니 저벅, 저벅, 침대를 향해 걸어왔다. 이불 밖으로 몸이 눌리는 압박감이 느껴졌다. 여자가 나무판자를 꾹꾹 누르고 있었다. 그러곤 천장이 되어주던 나무판자를 휙 젖혀 열었다.

"염아. 왜 그러고 있어."

해수였다. 염은 왈칵 눈물을 쏟으며 네발짐승처럼 무릎으로 뒤뚱뒤뚱 걸어가 해수의 허리를 붙잡고 쓰러지듯 안겼다. 염은 나무판자 속에서 다섯 시간 만에 나올 수 있었다.

곧 죽을 짐승처럼 침과 눈물을 흘리는 얼굴이 나른하게 숨을 쉬고 있는 해수의 가슴팍에 파묻혔다. 울음소리가 오래도록 방안에 울려 퍼지고, 바깥으로 새어 나갔다.

밤중에 일어난 소란에 몇몇 집은 커튼을 걷고 창문까지 열어 소리를 들었고, 길을 지나가던 사람은 잠시 발걸음을 멈추기까지 했지만 도움의 말을 건네는 사람은 아무도 없었다. 위층 사람도 어두컴컴한 지하 계단을 내려와 문을 두드릴 생각이 없었다. 아래층의 소음과 행패는 늘 있던 일이었다.

해수는 염의 등을 두드리며 몇 번이고 같은 말을 반복했다.

"난 언제나 네 곁에 있어. 언제나."

*

염은 아침이 되어서도 해수를 놓아주지 않았다. 해수가 엉망인 집이라도 치우려고 했으나 염은 내내 해수를 품에 잡아두려 했다. 조금이라도 자리에서 일어나려는 낌새만 보이면 "나랑 같이 있어."라며 웅얼거렸다.

"난 미치지 않았어. 살해당할 거야."

"진정해, 염아."

"넌, 해수 넌 알잖아. 내가 거짓말하는 게 아니라는 거. 아니, 그 여자가 날 죽일 거라는 거."

"알지."

염은 이제 해수의 얼굴조차 제대로 보이지 않았다. 눈이 자꾸만 감겼다. 꿈과 현실의 경계에서 염이 지금 할 수 있는 건 해수와 함께 있어야 한다는 생각의 끈을 붙잡는 게 고작이었다.

"염아. 사실 나한테 방법이 하나 있는데."

"뭔데? 뭐라도 괜찮아. 내가 이 빌어먹을 상황에 혼자 있는 것만 아니라면."

"일단 내 집으로 와 볼래?"

"들어와."

해수의 집에 들어선 염은 몸을 잔뜩 움츠린

탓에 20센티미터는 차이 날 해수의 눈높이와 비슷했다. 수염은 며칠 새에 덥수룩하게 자랐고, 검은 티셔츠와 바지에선 각종 체액이 젖고 마르길 반복하며 악취가 났다. 눈 밑은 검고 푹 꺼져서 언제고 쓰러질 것만 같았다.

 염은 주춤거리며 해수의 집을 둘러보았다. 현관에 들어서자마자 있는 부엌, 티브이와 자그마한 소파가 있는 거실, 그리고 붙어 있는 작은 방 하나. 조금 어둡고 낡았지만 깔끔하고 평범한 투룸 오피스텔이었다.

 염이 해수의 집에 들어온 건 처음이었다. 해수의 집엔 늘 노주가 있어서, 해수가 염의 집을 찾곤 했다. 평소 염은 술을 마시고 몸을 섞을 수만 있다면 장소가 어디든 개의치 않았기 때문에 구태여 해수의 집을 찾을 생각도 하지 않았다.

 "염아, 이리 와."

해수는 염을 향해 손을 까딱였다. 염은 맥없이 해수에게 다가갔다. 싱글 침대 하나와 옷장 하나밖에 없는 단출한 방이었는데, 방 한가운데에 수납함 하나가 덜렁 놓여 있었다.

해수는 누군가 보고 있지는 않은지 경계하듯 창문의 커튼까지 닫고 나서야 수납함 앞에 섰다. 그 함은 해수 키의 반만 한, 칙칙한 색의 두꺼운 나무로 만들어진 고풍스러운 함이었는데, 함보다도 '궤'라는 이름이 어울리는 모습이었다. 그 궤는 가구라고 하기엔 클래식한 트렁크 백 같았고, 가방이라고 하기엔 거칠고 묵직해 보였다.

"이게 방법이야."

해수는 두꺼운 금속 재질의 검은색 걸쇠를 위로 꺾어 열었다. 끼이익 낡고 녹슨 경첩이 날 선 소리를 내며 무거운 뚜껑이 둔탁하게 뒤로 넘어갔다. 염은 주변에 풀풀 날리는 부연한 먼지를 손으로 휘휘 날리고 나서야 궤 안쪽을 볼 수 있었다.

궤 안쪽 벽을 타고 괴상한 문양의 노랗고 뻘건 부적들이 더덕더덕 붙어 있었다. 마치 안에 있는 무언가를 밖의 존재로부터 지키려는 것처럼 빼곡했다. 부적 외에 궤 안엔 아무것도 들어있지 않은데도.

"내가 어릴 때 엄마가 만들어 준 궤야. 귀신이 무서울 때면 들어가 있으라고."

"다섯 살 때?"

"응. 어떻게 알았어?"

염은 처음 와보는 장소에 놓인 낯선 물건을 자신이 어째서 알고 있는지 알 수 없었다. 해수는 바보같이 눈을 껌벅이는 염을 바라보다가 다시 말을 이었다.

"어릴 땐 꿈이랑 현실이랑 구분도 잘 못 하고 그러잖아. 뭣도 모르고 귀신이 보인다고 했을 뿐인데 엄마가 진지하게 받아들여서 이걸 만들어 줬거든. 버릴 수도 없고 해서 가지고 있었는데……. 널 괴롭히는 게 진짜 네 말대로 귀신이라면 이 안에 들어가 있으면 안전하겠지."

"그게 말이 돼?"

염은 말은 그렇게 하면서도 궤 안을 샅샅이 살폈다. 손으로 쓸고 머리를 집어넣으며 크기를 가늠했다. 뚜껑에 덕지덕지 붙은 부적들이 보기만 해도 불길했지만, 동시에 무언가 효능이 있을 거란 기대감을 안겨 주었다.

"뭐라도 시도해 보면 좋잖아."

나무가 빛바래고 뒤틀렸지만 집요하리만큼 견고하게 만들어진 궤였다. 목공 일을 했던 염인 만큼 허투루 만들어진 물건이 아님을 알

수 있었다. 겉면은 무언가에 긁히고 찍히고 산전수전을 다 겪은 모습이었으나, 내부는 거미라도 비집고 들어가 거미줄을 쳤을 법도 한데 이상하리만치 말끔했다.

"선택은 네 몫이야. 들어갈 거야? 궤 속에."

염은 궤의 안쪽을 빤히 쳐다보다가 빠져드는 느낌과 함께 다리 한쪽을 궤 안쪽으로 집어넣었다. 안쪽은 생각보다 넓었고, 염의 체격에 비해선 작았다. 남은 다리 하나를 넣고 웅크려 발뒤꿈치 끝을 궁둥이에 바짝 붙이고 나서야 몸통을 궤에 겨우 욱여넣을 수 있었다.

"으윽 꽉 껴서 아파."

"닫을게."

"뭐? 왜? 닫히지도 않을 것 같은데."

"닫아야 효과가 있지. 목을 좀 옆으로 꺾어봐."

"바로 열어줘야 한다?"

"내가 왜 네게 안 좋은 일을 하겠어."

해수는 한 손으로 염의 몸을 꾹꾹 눌러 담으며 다른 한 손으로 궤의 뚜껑을 내렸다. 힘겹게 뚜껑이 닫혔다. 해수는 검은색 걸쇠를 아래로 꺾어 잠갔다.

궤의 뚜껑이 닫히자 눈앞이 새까매졌다. 몇 번 눈을 껌뻑이자 희미하게 나무 틈 사이로 해수의 그림자가 움직이는 게 느껴졌다. 산소가 통하지 않는 건 아닐지 걱정했는데 호흡이 힘든 건 몸이 사정없이 접힌 탓이고, 나무가 습기를 머금고 뒤틀린 덕에 완벽히 밀폐되는 것 같진 않았다. 궤 안에선 쿰쿰한 먼지 냄새와 함께 오래된 나무 냄새가 났지만 그게 오히려 마음에 안정감을 주었다.

편안했다. 염은 눈을 감고 수차례 작게

호흡하며 궤 안에서 안정을 찾아갔다. 이상한 소리가 들리지 않았다. 자그마하게 들리는 소리는 해수의 바지가 궤에 스치는 소리뿐이었다. 이곳은 안전하다. 그런 생각이 들었다. 얼마 만에 느끼는 평화로움인가. 염은 자신도 모르게 궤 속에서 잠이 들 뻔했다.

그러다 번뜩 정신이 들었다. 도대체 무슨 짓을 하고 있는 거지. 자신이 궤 속에서 볼품없이 쭈그려 앉아 있다는 자각이 돌아왔다. 분명 살 수만 있다면 뭐라도 하겠다 싶었는데, 이건 인간이길 포기하는 게 아닌가 생각이 들어 다시 호흡이 거칠어졌다.

염은 한 손을 다리 아래에서 비집고 꺼내어 뚜껑을 통, 통, 올려 쳤다. 해수는 대답하듯 밖에서 통통 궤를 때리곤 뚜껑을 열었다.

"어때?"

염은 해수가 뚜껑을 열어주고 나서도 혼자 힘으로 궤 안에서 나올 수 없었다. 염은 해수의 도움으로 겨우 나와 무릎뼈를 펴면서 신음했다.

"으, 사람이 할 짓이 아니야. 너무 좁아."

"아니, 효과가 있는 것 같아?"

"……글쎄."

"그래? 착각인가."

해수가 궤의 뚜껑을 다시 닫으려 하자 염이 서둘러 손을 뻗어 해수의 손을 막았다.

"왜 그래?"

"아니……."

염은 제대로 된 대답을 하지 못하고 혼란스러워했다. 해수는 염에게 생각할 여유를 주지 않고 말했다.

"염아 미안한데. 곧 노주가 올 거라서."

"뭐? 지금 이 상황에서 집에 가라는 거야?"

"미안. 하지만 어쩌겠어."

"해수야. 난 지금 너밖에 없어."

해수는 머리 위에서 염을 내려다보며 안타깝다는 듯이 말했다.

"노주한테도 나밖에 없는걸."

염은 벙쪄서 해수를 올려다보았다.

해수가 아니면 누구에게 도움을 청해야 하지? 머릿속에 아무도 떠오르지 않았다. 가족? 친구? 직장 동료? 모두 떠나갔다. 해수밖에 없었다. 그건 해수도 마찬가지인 줄 알았다. 그런데 혼자인 건 자신뿐이었다. 해수를 옭아매려 했던 밧줄이 사실 제 목을 조르는 목줄이었다는 걸 이제야 알았다.

"나, 이 안에만 있을게. 진짜 얌전히 있을게. 그냥 너랑 같이 있게만 해줘 제발."

해수는 곰곰이 고민하는 것 같더니 미소를 지으며 고개를 끄덕였다.

"화장실 가고 싶을 때 말해."

염은 궤 속에 다시 몸을 구겨 넣었다. 염이 다 들어간 것을 확인한 해수는 뚜껑을 닫았다. 잠시 후 해수의 웃음소리가 얕게 들렸다. 노주가 방문한 듯했다.

간혹 팔다리가 아파서 궤 안에서 들썩여도 봤지만 해수는 다시 뚜껑을 열어주지 않았다. 하지만 염도 다시 나가야 한다는 생각은 들지 않았다. 계속 살려줘 살려줘 살려줘 라고 웅얼거리면서도 그게 궤 밖으로 나가고 싶다는 말은 아니었다.

*

염은 휘청거리며 해수 앞에 섰다. 몸은 당장이라도 부러질 것처럼 마르고 어깨와

허리는 굽었으며 눈은 생기를 잃었다. 불안에 떨며 두피와 얼굴을 손톱으로 계속 긁고 뜯어 머리카락은 피에 젖어 붉고 딱딱했다. 괴물이 따로 없었다. 그나마 다행이라면 살과 근육이 빠진 덕에 궤 안에 들어가기 용이해 졌다는 것일까.

    음식을 섭취하고 용변을 보려면 궤 바깥으로 나가야만 했다. 그런데 궤 밖으로만 나가면 기다렸다는 듯이 질퍽거리는 발소리가 들렸다. 해수가 함께 있어도 공중에서 시선이 느껴졌다. '그것'은 여전히, 언제나 염 주변을 맴돌고 있었다. 하지만 궤 안에 들어가 있을 때만큼은 아니었다. 궤 안에만 들어가면 고요하고 평화로웠다. 기분 탓이 아니었다. 궤 안에선 그것에게 영향받지 않았다.

    궤 안에 머무르는 시간이 점점 길어졌다.

초반엔 몸이 부서질 듯 아파서 안쪽 부적을 떼어
좀 더 넓은 곳에 붙이면 어떨까도 생각해 봤지만
해수가 "그러다가 효과가 없어지면 안 되지."라고
말하는 바람에 불안해서 시도도 하지 못했다.
그리고 궤는 단순한 궤가 아니었다. 궤는 언제나
염을 불렀다. 나는 안전해. 언제나 네 편이야.
그런 궤를 해칠 수는 없는 일이었다.

    다행히 인간은 적응의 동물이라고 하던가.
점점 몸이 궤의 모양에 맞춰지며 편안해졌다.
이제 안에서 잠을 잘 수 있을 정도였고, 해수도
궤 안에서 잔다면 노주가 있을 때도 자고 가도
괜찮다고 허락했다. 덕분에 염은 제집을 버리고
궤를 집처럼 여기며 지냈다. 이제는 정말 해수가
뚜껑을 열 때가 아니면 먼저 궤 밖으로 나가고
싶다고 말하는 일이 없었다.

    해수는 궤 안으로 들어가는 염을 바라봤다.

언제나처럼 염을 궤에 넣고 꾹 손으로 눌러 담았다. 염은 신음하며 더욱 작게 몸을 구겼다. 해수는 조용히 해라든가, 좀만 참아 같은 사람이나 짐승에게 건넬만한 말을 하지 않았다. 그건 그저 해수가 언제나 곁에 두고 싶은 것일 뿐이었다. 해수는 평소처럼 검은색 걸쇠를 아래로 꺾으려다가 손을 내려놓았다. 이젠 굳이 잠그지 않아도 되었다.

   해수는 한쪽에 세워둔 거울로 다가가 두껍게 바른 파운데이션을 닦아냈다. 화장솜이 지나가는 길을 따라 붉고 거뭇한 볼이 드러났다. 피부가 숨을 쉬지 못해 아물지 못하고 곪아 터진 입가에서 피가 주르륵 흘렀다. 얼굴이 따끔거려 눈을 치뜨고 거울을 보니 노주가 서 있었다.

   "이제 다 괜찮아."

   해수는 안심하라는 듯 빙긋 웃어 보였다.

노주도 그런 해수를 따라 행복하게 미소 지었다. 그러곤 해수와 시선을 맞추며 이마를 맞댔다. 긴 검은 생머리가 서로 엉겨 붙었다.

기묘한 꿈을 꿨다. 아니, 꿈인지 현실인지 잘 모르겠다. 그게 그다지 중요한 일은 아닌 것 같다. 아늑하다. 안전하다.

통. 통. 통.

뚜껑 밖에서 두드리는 소리가 들렸다. 몸에 닿아 있는 경첩이 척추를 누르면서 끼이익 날선 소리를 냈다. 하늘에서 빛이 쏟아졌다. 힘겹게 눈꺼풀을 들어 올리니 길게 늘어진 검은 머리칼 끝이 눈두덩이를 간지럽혔다. 눈앞의 여자가 궤 속을 내려다보았다. 검은 덩어리도 여자를 올려다보았다. 아름답고, 끔찍한.

작가의 말

〈그렇게 될지어다〉는 어릴 적 어머니가 해주신 이야기로부터 시작했습니다.

"베개는 세워놓는 거 아니다."

죽은 사람은 세상을 거꾸로 다니니, 귀신이 베개를 베는 게 싫으면 얌전히 눕혀두라고요. 어릴 때 그런 이야기 많이 듣잖아요. 밤에 손톱을 깎으면 쥐가 손톱 조각을 먹고 또 다른 내가 된다든지, 이불 밖으로 발을 내놓고 자면 다리 없는 귀신이 발목을 댕강 잘라간다든지. 베개 이야기는 이부자리 정돈을 잘하란 의미에서 어머니가 즉석에서 지어낸 것이었지만요.

하지만 살면서 접하게 된 이야기 하나가 누군가의 행동을 좌지우지하기도 합니다. 제가 나이 삼십이 넘도록 귀신이 무서워서 베개를 얌전히 잘 뉘어놓는 것처럼요. 2023년엔 〈베개 들고 다니는 아이〉라는 호러 초단편을 썼고, 그 소설의 일부를 〈그렇게 될지어다〉의 도입부로 써먹었습니다. 어릴 적 들은 말 한마디가 평생의 생활 습관이 되고, 짧고 긴 소설 두 편이 된 것이죠. 어머니는 딸에게 베개 이야길 했던 것을 기억하실까요? 이참에 여쭈어봐도 좋겠습니다.

저는 겁이 많아서 안전의 욕구가 강한 편입니다. 발끝까지 이불을 덮고 베개를 얌전히 눕혀두는 것도 안전 관리의 일환인 거죠.

하지만 제가 살아오면서 느낀 위험은 대체로 사람으로부터 발생하더라고요. 그게 무서워서 누구에게라도 보호받고자 과할 정도로 곁에 사람을 많이 둔 적도 있었고, 반대로 역시 혼자가 안전하다며 완전히 고립된 적도 있습니다. 몸을 감싸는 육면체의 공간이 되었건, 털북숭이 인형이나 온기를 지닌 생명체건 간에 저는 늘 보호받는다는 감각을 쫓곤 했습니다. 그래서 누군가로부터 보호받는 경험을 할 때, 저는 사랑을 느끼곤 했어요.

    누군가에게 기대고 의존하는 행위는 참으로 유혹적이고 중독적입니다. 안전하고, 아늑하죠. 그 모습이 아름다운지 끔찍한지는 뒤로 하고 말이에요. 의탁은 사랑일까요, 폭력일까요? 품을 내어주는 건 구원일까요, 파괴일까요? 저는 행복하면 불안한 사람이고, 사랑받으면 의심부터 하는 사람이라 이런 물음에 자주 파묻히곤 합니다. 그런 거북한 감정을 품은 채 기괴하고 오싹한 이야기를 만들었습니다.

    〈그렇게 될지어다〉는 사랑이란 이름 아래 가해지는 폭력에 주목해 썼습니다. 이 이야기가 땅 아래 묻어두었던 덩어릴 헤집고 끄집어내어 마주하게 되는 계기가 되었으면 좋겠습니다. 아름답고, 끔찍한 덩어리를 말이죠.

작가 인터뷰

Q. 〈그렇게 될지어다〉는 지금껏 출간된 모노스토리 중 가장 무서운 소설이 아니었나 싶습니다. 꿈과 현실의 흐릿함이나 불분명한 실체에서 오는 두려움도 물론 있었지만, 사랑이라는 이름으로 포장된 폭력적 관계가 주는 공포가 더 크게 와 닿았던 것 같아요. 작가님은 평소에 사랑 혹은 관계에 대해 어떤 생각을 가지고 계신가요. 소설의 씨앗이 되었던 일화나, 그 당시 몰두하셨던 생각이 있다면 듣고 싶습니다.

A. 〈그렇게 될지어다〉는 겉으로 보이지 않는 폭력에 대한 공포에 매몰되어 있을 때 집필했습니다. 겉으로 보이는 단정한 모습과 그 아래 숨겨진 더러운 면면들. 그 양면성이 때때로 참을 수 없이 끔찍해질 때가 있어요. 그런 양면성을 보여주기엔 사랑만큼 적합한 것이 없다고 생각했습니다. 사랑은 너무나 쉽게 폭력으로 변질되곤 하잖아요. 이게 맛이 간 건지 아닌지 판단하기도 쉽지 않고요. 그야말로 아름답고도 끔찍하기 때문에.

전 '너무나 의존하게 되어 무슨 일이 일어나도 도저히 떨어질 수 없겠구나.'라는 생각이 들었을 때 이게 바로 사랑인가 싶었어요. 그리고 그게 끔찍이도 무섭게 느껴졌습니다. 이성적으로 굴 수 없고 쉽사리 고리를 끊어낼 수 없는 관계라니, 너무 무섭잖아요. 하지만 이런 험악한 세상에서 어딘가에 의탁하지 않고 제정신으로 살아가기란 쉽지 않은 일이고요. 이런 생각이 소설에 녹아든 것 같습니다.

Q. 처음 소설의 제목만 보았을 땐 고구려나 신라를 배경으로 하는 시대극을 떠올렸어요. 신화적이고 종교적인 느낌이 나기도 했고요. 소설을 다 읽고 나니 연인에게 폭력을 행하는 자는 이야기 속 '염'처럼 "그렇게 될 지어다!"라는 전능한 존재의 지엄한 목소리처럼 들리기도 합니다. 그런 측면에서는 이 소설을 해수의 복수극으로 볼 수도 있을 것 같은데요. 제목에 숨겨두신 이야기가 있을까요?

A. 제목은 종교적인 의미에서 가져온 게 맞습니다. 저는 무교입니다만, '아멘'이라는 단어가 '그렇게 될지어다'라는 뜻을 가진 게 흥미로웠어요. 순종의 표현이면서도 믿음에 대한 선언인 거잖아요. 소설 속에서 꿈이 주요 소재로 쓰이는 만큼 전능한 존재의 지엄한 목소리라기보단 예지의 느낌으로 짓긴 했지만요. 결말과도 같은 도입부를 쓰고는 '이거다' 하고 바로 제목부터 확정 지었어요.

Q. 이 소설에는 밖으로 드러나는 인물인 '해수'와 '염' 외에도 정체가 모호한 존재들이 등장합니다. '염'을 공포에 떨게 하는 '거꾸로 선 여자'가 그러하고, '해수'와 늘 함께 하는 '노주'가 그렇지요. 이들이 가진 미스테리함은 소설을 읽는 내내 긴장감을 놓을 수 없게 합니다. 이 책의 독자들이 둥그렇게 모여 '거꾸로 선 여자'와 '노주'가 누구냐를 주제로 토론을 벌이면 아주 다양한 해석들이 나올 수도 있을 것 같아요. 저는 '해수'와 '거꾸로 선 여자', '노주'가 모두 한 사람처럼 보였는데요, 또 한편으론 '염'에게 있어 영원한 타자일 여성의 집단적 형상처럼 읽히기도 했습니다. 작가님이 소설을 쓰며 생각한 '거꾸로 선 여자'와 '노주'는 어떤 이야기를 가진 존재였나요.

A. 초고에서는 노주가 직접 목소리를 내어 많은 이야길 던지기도 했는데요. 거꾸로 선 여자나 노주 모두 퇴고하는 과정에서 상당 부분 수정되었어요. 많은 고민을 통한 인물들이고 그만큼 정해둔 바가 있지만, 거꾸로 선 여자와 노주에 관해서 만큼은 목소릴 아끼고 싶은 마음입니다. 작가가 모든 걸 설명해 주는 호러 소설만큼 재미없는 게 없잖아요. 독자님이 느낀 제각각의 해석과 여운이 있을 텐데, 소위 '작가 피셜'을 말해 버리면 그 감상은 틀린 것이 되어버리고요.

　　지금 들려주신 해석만 해도 놀라운데, 독자님들이 모여 앉아 이야길 나눈다면 더 재밌겠어요. 다 같이 분신사바를 해서 거꾸로 선 여자에게 직접 물어봐도 좋고요!

Q. 해수, 염, 노주. 이들의 이름에서 풍기는 이미지가 있는 것 같아요. '해수'하면 신의 아들이라는 해모수가 떠오르고, '염'과 '노주'는 불교적인 인상이 강한데요. 작품 속 인물에게 이름을 줄 때 어떤 점들을 고려하셨는지, 이름과 인물들 사이에 어떤 연관성이 있었는지 궁금합니다.

A. 저는 인물의 이름에 큰 의미를 부여하진 않는 편입니다. 의미보다는 소리가 이미지적으로 어울리는가를 더 생각해요. 외모가 사람의 인상을 결정하는 것처럼, 소설 속에선 계속 불리는 이름으로 인물을 상상하게 되니까요. 기본적으로 주요 인물들에겐 너무 흔하지 않은 이름을 주려고 여러 단어나 글자 조합을 입에 굴려보는 편인데, 과하게 이질적이어서 부를 때 어색하진 않은지 직접 여러 번 불러 보기도 해요.

저한테 해수는 단정하고 청순한 현모양처 같은 인상을 주는 이름이었어요. 염은 소리 내어 보면 강하면서도 여릿한 느낌을 줘서 재밌고요. 노주는 말씀하신 것처럼 이름만으로 종교적이고 무속적인 느낌을 주죠. 소설 속 인물을 머릿속에 그려내면 이름은 비교적 쉽게 떠올라서 오래 고민하지 않습니다.

Q. 이 소설에는 '해수'와 '염' 사이의 의존과 폭력, 애정과 집착이 교차하며 나타납니다. 특히 '해수'는 '염'과의 관계 안에서 일견 희생자처럼 보이면서도 동시에 섬뜩한 주체성을 드러내기도 해요. 작가님은 이 소설에서 '해수'를 어떻게 그려 보이고 싶으셨나요? 단순한 피해자-가해자 구도를 넘어선 두 사람의 관계를 통해 전하고 싶었던 이야기가 있다면 듣고 싶습니다.

A. 저는 이 소설을 복수의 서사로 생각하고 집필하지는 않았습니다. 이야기 속에서 폭력적인 남성인 염은 이상 현상 때문에 퇴행하여 궤에 숨어들고, 해수는 그런 염을 떠받치다가 궤에 가두고 만족하죠. 이렇듯 인물의 관계가 역전되는 과정을 기괴하고 공포스럽게 보여주는 데 집중했습니다.

저는 영문을 알 수 없는 포식자 여성 캐릭터를 좋아해요. 더 나아가 피식자인 줄 알았던 인물이 사실은 포식자라면 최고죠. 그래서인지 남성 캐릭터를 너무 막 다루는 거 아니냐는 원성을 곧잘 듣곤 합니다.

Q. 소설에 등장하는 궤는 굉장히 강렬하면서도 인상적인 상징물 같아요. 좁은 궤가 주는 불편함 속에서 '염'이 점차 편안함을 느껴가는 모습은, 폭력에 노출된 사람이 점차 그것에 적응해가는 모습처럼 보이기도 했습니다. '염'이 해수에게 가한 최초의 폭력 이후 '해수'도 비슷한 과정을 겪었을까 짐작해보기도 했고요. 그렇게 보면 궤는 감옥이자 무덤이고, 억압과 죽음의 공간이 되는데요. 아이러니하게도 궤는 '염'을 파괴하는 동시에 살리는 공간이기도 합니다. 그런 측면에서는 궤가 피난처이자 자궁 같기도 해요. 작가님은 어느 쪽에 더 무게를 두고 이야기를 구상하셨나요.

A. 말씀해 주신 것처럼 궤에 여러 의미를 부여했고, 다양하게 해석할 수 있도록 구상했는데요. 그중에서도 가장 무게를 둔 것은 궤에 넣음으로써 누군가를 완벽히 소유하고 지배한다는 것이었습니다. 작가 친구들에게 초고를 보여주었을 때, 궤를 포켓몬스터의 몬스터볼이나 게임 인벤토리라고 부르는 걸 보고 정말 많이 웃었는데요. 그것들과 크게 다르지 않다고 생각합니다. 해수에게는 여러 개의 궤가 있을 것 같다는 평을 듣기도 했는데, 그런 뒷이야기를 만들어봐도 재밌을 것 같아요.

Q. 이 작품을 읽고 난 독자들이 가장 기억해주었으면 하는 장면이나 감정이 있다면 무엇일까요?

A. 가장 기억해 주었으면 하는 장면은 아니지만, 신경을 많이 썼던 장면은 해수가 폭력에 노출되는 부분이었어요. 여성이 폭력을 당하는 모습을 과히 상세하게 나타내지 않으려고 애썼거든요. 폭력적인 언사나 행위가 잦게 등장하는 만큼, 특정 부분이 너무 괴롭게 느껴지거나 트리거가 되지 않길 바랐습니다.

    소설을 읽고 찜찜하고 오싹한 여운이 남는다면 더할 나위 없이 기쁘겠습니다.

monostory 004

그렇게 될지어다

초 판 1쇄 펴낸날 2025년 11월 3일

지은이 이부
작가 인터뷰 박은지(부비프 대표)
편집 | 디자인 | 제작 주얼

펴낸곳 이스트엔드
펴낸이 주얼
이메일 eastend_jueol@naver.com
S N S @eastend_jueol

ISBN 979-11-993866-1-7-03810

이 책의 판권은 지은이와 이스트엔드에 있습니다.

이 책 내용의 전부 또는 일부를 재사용하려면 반드시 양측의 서면동의를 받아야 합니다.

파본 도서는 구입처에서 교환해 드립니다.